LA
FAUSSE STATUE,

COMÉDIE EN UN ACTE.

Par M. le Chevalier DE LAURÉS.

A PARIS,

CHEZ LE JAY, Libraire, rue Saint-Jacques, au Grand Corneille.

M. DCC. LXXI.

AVERTISSEMENT.

LE Théâtre n'a pas beaucoup de Pieces dans le genre de celle que l'on donne aujourd'hui au Public (1); mais si cette carriere a été peu courue, elle n'en est ni moins difficile, ni moins périlleuse : ceux qui l'ont ouverte, ont atteint le but du premier pas, & n'ont laissé à leurs Emules qu'un exemple dangereux à suivre : on reconnoit, à ce trait, les inimitables Auteurs de

(1) M. Barthe a donné, en 1765, l'*Amateur*, au Théâtre François, petite Comédie en un acte en vers, ingénieusement intriguée & élégament écrite; quelques traits d'une ressemblance fort éloignée, pourroient faire soupçonner qu'il connoissoit ma Piece : cependant, je puis certifier que depuis les représentations auxquelles M. Barthe, absent alors de Paris, n'avoit pû assister, elle n'étoit sortie de mon porte-feuille qu'en faveur de M. Castilhon qui désira de la lire, & qui en donna un Extrait dans le Journal Encyclopédique.

l'Oracle, de *Zénéide*, &c. chefs-d'œuvres qui ont paré *Thalie* de nouvelles grâces, & nous ont procuré un plaiſir de plus. Ces conſidérations m'auroient arrêté ; & cette Piece, quelque ſuccès qu'elle ait eue à la repréſentation, ſeroit à jamais dans l'oubli, ſi un motif excuſable & bien intéreſſant, ne l'avoit emporté ſur ma prudence ; j'ai voulu préſenter aux yeux du Public une partie des efforts que m'a fait tenter la noble & juſte ambition de plaire à un Prince auſſi grand par ſes qualités perſonnelles que par ſa naiſſance.

VERS

A MADEMOISELLE GAUSSIN,

A l'occasion du Rôle D'AGLAÉ *qu'elle jouoit dans* la Fausse Statue.

QUE votre voix enchanteresse,
Votre air naïf, votre délicatesse,
Que tout, belle GAUSSIN, en vous, plaît, attendrit!
On vous admire, on vous chérit;
Vos charmes passent dans ma Piece:
Par un prestige heureux qui voile sa foiblesse
Elle touche le cœur, & fait rire l'esprit.
Ainsi quand Zephire caresse
Les Bois, les Champs que l'Aquilon flétrit,
Le calme renaît, l'horreur cesse,
Tout s'anime, tout rajeunit,
Et la Ronce même fleurit.
Que n'embelliroit pas l'art joint à tant de grace!
Oui, le vain Marsias, sur le Dieu du Parnasse,
Eût remporté le prix des vers,
Si vous aviez prêté vos accens à ses airs.

ACTEURS.

AGLAÉ, fille de Timon le Misantrope.

IDAMAS, Tuteur d'Aglaé.

PHAIS, Amant d'Aglaé.

ZELIE, Sœur de Phais & Amie d'Aglaé.

La Scène est en Grece, dans un Bosquet des Jardins d'Idamas, où est une Statue de l'Amour.

LA FAUSSE STATUE,*

COMÉDIE EN UN ACTE.

SCENE PREMIERE.

AGLAÉ, *seule, tenant des Tablettes où elle lit ces vers.*

FUYONS l'Amour, dans son Empire,
Si Zéphire
Fait éclore des fleurs ;
Bientôt l'orage
Les ravage
Et fait couler nos pleurs.

---

* Représentée à Berny, pour l'amusement de S. A. S. Monseigneur le Comte de Clermont, Prince du Sang.

Que mes actions s'accordent peu avec mes paroles! Je ne cesse de répéter ces vers. Hélas! je les répete inutilement; ils m'effrayent, mais ils ne me changent pas : je parle toujours contre l'Amour, & je reviens à chaque instant, par je ne sais quel charme, auprès de lui; mais j'en approche sans danger; ce n'est-là que son image, qu'en pourrois-je craindre!

SCENE II.

AGLAÉ, ZELIE.

ZELIE.

QUOI, Aglaé sans cesse occupée à contempler la statue de l'Amour?

AGLAÉ.

Je ne puis m'en lasser, Zelie; elle m'inspire toujours des réflexions nouvelles.

ZELIE.

Et sans doute qu'elles ne sont pas en faveur du Dieu qu'elle représente?

AGLAÉ.

Mais j'ai de la peine à concilier les effets terribles qu'on lui attribue, avec ces traits naïfs, cet air tendre, engageant, & cet âge qui est celui de l'innocence : il est vrai que ses mains sont armées de fléches; mais quel mal peuvent-elles faire lancées par des bras si foibles?

ZELIE.

Voilà des ſentimens auxquels je ne m'attendois pas, & qui m'annoncent que la fille de Timon commence à dépouiller cette haine contre les hommes qu'il a tâché de lui inſpirer, & dont elle ſembloit avoir hérité.

AGLAÉ.

Tu es bien dans l'erreur, je t'aſſure; quoique je ne puiſſe comprendre qu'un enfant ſoit ſi redoutable, je ne m'en défie pas moins. Je me rappelle ſans ceſſe les récits effrayans que l'on m'a faits de la perfidie des hommes, & je ſuis bien décidée à ne jamais me priver du bien ineſtimable de la liberté.

ZELIE.

Oui, point de foibleſſe. Mais comment ferez-vous? Idamas, votre Tuteur, a promis votre main; je crois même qu'il attend aujourd'hui l'Epoux à qui vous êtes deſtinée.

AGLAÉ.

Mon Tuteur penſe comme le reſte des hommes; ils ont la vanité de croire que nous ne ſaurions vivre ſans eux.

ZELIE.

C'eſt peut-être qu'ils nous connoiſſent, Aglaé; mais la fille de Timon doit-être exceptée de la loi générale.

AGLAÉ.

Heureuſement dans cette retraite, cachée dès

l'enfance aux yeux de la Grece, je n'ai point été exposée aux piéges des Amans; ton amitié a suffi à mon cœur, & j'espere qu'il ne perdra jamais la tranquillité dont il jouit. Je vais continuer à remplir, par des occupations aussi innocentes qu'agréables, un loisir que l'Amour ne trouble point.

FUYONS l'Amour, dans son Empire,
Si Zéphire
Fait éclore des fleurs;
Bientôt l'orage
Les ravage
Et fait couler nos pleurs.

SCENE III.

ZELIE, *seule.*

NOUS verrons si elle ne changera pas de langage, & si elle échappera à l'artifice que j'ai préparé; que j'aurois de plaisir à vaincre ses préjugés! Sa jeunesse, ses grâces, la douceur de son caractere, tout m'intéresse. J'entre d'ailleurs dans les vues d'Idamas, mon vertueux Protecteur, en tournant le cœur d'Aglaé vers un engagement qu'il a projetté...... Mais j'entends du bruit sous ce feuillage, c'est je crois Phaïs...... c'est lui-même, & le voilà sous le déguisement singulier dont nous sommes convenus.

SCENE IV.

ZELIE, PHAIS, *déguisé en statue d'Endimion.*

PHAIS.

Ah ! ma chere sœur, que je t'ai d'obligation ! Me trouves-tu bien ?

ZELIE.

Oui, assurément, & très-dangereux. Quelle Beauté assez farouche ne s'adouciroit pas à la vue de ce nouvel Endimion ?

PHAIS.

Mais penses-tu que l'aimable Pupille se laisse séduire à cet artifice ? Quelle apparence !

ZELIE.

Il est vrai que de se déguiser en froide statue, pour enflammer le cœur d'une jeune Personne, est une entreprise bien extraordinaire ; vous pouvez vous vanter d'avoir des idées neuves.

PHAIS.

Oh ! treve de raillerie, je t'en conjure.

ZELIE.

Personne ne nous a vu au moins ?

PHAIS.

Non ; tout le monde, Idamas même ignore que je sois ici.

ZELIE.

Cela est important. La fille de Timon ne vous connoît point : son caractere singulier a piqué votre curiosité ; vous m'avez engagée à vous la faire voir sans en être apperçu ; sa vue vous a enflammé, & dans le desir de surprendre son cœur, vous avez recours à un artifice, que son peu d'expérience, son goût pour tout ce qui est extraordinaire, & la simplicité de son éducation vous ont inspiré. Que voulez-vous davantage ? Suivez votre projet ; les moyens les plus bizarres sont quelquefois le succès des Amans ; d'ailleurs, vous savez les intentions d'Idamas.

PHAIS.

Quoi ! je pourrois attendrir Aglaé ! Zelie, quel espoir ! Quelle gloire de porter les premiers sentimens de l'Amour dans un cœur révolté contre lui, & si digne d'être aimé !

ZELIE.

Ne perdez point de tems ; j'apperçois Aglaé ; placez-vous sur ce pied-d'estal : soyez attentif ; étudiez ses regards & cherchez à saisir sur son visage les mouvemens de son cœur. Je sors pour reparoître à propos.

SCENE V.

AGLAÉ, PHAIS, *sur un pied-d'estal.*

AGLAÉ, *tenant un nid d'oiseaux.*

J'AI trouvé ce nid de Tourterelles, je vais le placer sous les aîles de l'Amour : ce n'est point pour elles, hélas! ce n'est que pour nous qu'il est à craindre ; il leur prodigue ses faveurs ; la liberté du choix ; un penchant mutuel ; une égale & constante tendresse leur font ignorer les maux auxquels nous sommes toujours exposées. (*appercevant la statue*) Que vois-je! une nouvelle Statue ? Par quel hasard est-elle ici ? Ce sera Idamas qui aura voulu me donner le plaisir de la surprise. Mais pourquoi a-t-il choisi l'image d'un de ces ennemis de mon sexe ? ..... Que l'art est ingenieux! .... Mais sans doute que cet objet est flatté, jamais rien de si beau ne s'est offert à ma vue .... Plus je compare cette Statue avec celle de l'Amour, plus je suis frappée de leur différence. Celle-là n'a qu'une expression, encore est-elle bien imparfaite ; quel feu dans les traits de celle-ci, quel sentiment ! quelle variété ! c'est l'incarnat, c'est la fraicheur, c'est le souffle de la Nature .... Quelle flâme brille dans ses yeux ! (*Aglaé marche.*) Ses regards semblent me suivre. Quelle est donc cette Statue ! ..... Elle m'étonne .... je ne sais quel intérêt .... je devrois peut-être par prudence ....

mais non, ma crainte eſt ridicule; je puis ſans danger me livrer au plaiſir de la voir. Je veux l'embellir encore de mes mains; je vais cueillir des fleurs pour en orner la belle Statue. (*Elle ſort.*)

SCENE VI.

ZELIE, PHAIS.

ZELIE.

Eh bien, qu'augurez-vous de votre entrepriſe? Il me ſemble qu'elle ne commence pas mal.

PHAIS.

Ah! ma ſœur, quel moment! Que j'ai eu de peine à me contraindre! La ſurpriſe, la joie d'Aglaé ont redoublé ma flâme. Je ne puis différer plus long-tems; je cours ſur ſes pas & lui avouer.....

ZELIE.

Voilà mes jeunes gens; ils n'ont qu'à parler, la Beauté la plus rebelle eſt ſubjuguée. Modérez-vous, vous êtes bien loin encore d'être aſſuré des ſentimens d'Aglaé; il faut au contraire vous éloigner.

PHAIS.

Quoi? vous voulez que je me prive du plaiſir de voir ce qu'il y a au monde de plus cher à mes yeux?

ZELIE.

Oui, votre intérêt le demande.

PHAIS.

Qu'exigez-vous de moi ?

ZELIE.

J'ai mes raisons, il le faut, hâtez-vous, la voici.

PHAIS.

Je veux du moins emporter ce nid ; c'est la premiere offrande qu'elle ait présentée à l'Amour.

(*Ils sortent.*)

SCENE VII.

AGLAÉ, *seule, tenant une guirlande de fleurs.*

QUE l'éclat de ces fleurs va........ Mais ô Ciel ! je ne la vois plus : quelle main jalouse me l'a enlevée ! Que je suis malheureuse ! Je ne retrouve plus mes oiseaux. Ah ! je les abandonne, & cet enfant aussi ; mais qu'on me rende ma chere Statue, courons la chercher. (*Elle veut sortir ; mais elle rencontre Zelie.*)

SCENE VIII.

AGLAÉ, ZELIE.

AGLAÉ.

Ah ! Zelie, c'est toi qui causes ma douleur.

ZELIE.

Moi !

AGLAÉ.

Oui, toi-même.

ZELIE.

Comment ?

AGLAÉ

Pourquoi feindre encore ? Rends-la moi.

ZELIE.

Quoi ?

AGLAÉ.

Rends-là moi te dis-je : rends-moi ma chere Statue.

ZELIE.

Ouvrez les yeux ; cette Statue que vous aimez tant est devant vous.

AGLAÉ.

Oh ! ce n'est plus celle-là ; je parle de celle

qu'on a placée aujourd'hui ici. Quelle eſt différente ! Sa forme agréable, ſa tête vivante, ſon air, tout intéreſſe, tout ravit.

ZELIE.

Ah ! c'eſt autre choſe. N'eſt-ce pas la Statue d'un beau Berger ?

AGLAÉ

Oui, très-beau.

ZELIE.

(*A part.*) Fort bien. (*Haut.*) Ne vous affligez pas : on l'aura tranſportée ailleurs ; elle ne peut être loin : cherchez de ce côté, je vais chercher du mien ; ſi je la trouve, je la ferai remettre à ſa place.

AGLAÉ.

Ne perds pas un inſtant au moins. (*Elle ſort.*)

SCENE IX.

ZELIE, PHAIS.

ZELIE.

PAROISSEZ....... Voici le moment. L'imagination d'Aglaé eſt prévenue. Son cœur eſt ſéduit ; il ſera d'intelligence avec nous ; il ſecondera un projet qui l'intéresse autant que vous-même. Si vous aviez été témoin du chagrin qu'elle a eu de ne pas vous retrouver! Elle est inconsolable; elle m'accuse d'avoir fait enlever la Statue; elle la cherche; j'ai feint d'en faire autant.

PHAIS.

Que j'ai d'impatience! Je cours au devant d'elle......

ZELIE.

Observez-vous; suivez votre dessein, & songez que votre bonheur dépend du succès.

PHAIS.

Je le tente peut-être envain, & je perds des momens précieux.

ZELIE.

Voilà les Amans, ils sont toujours ingénieux à se tourmenter...... Aglaé revient, elle est désespérée; reprenez promptement votre place.

(*Elle sort.*)

SCENE X.

PHAIS, *seul.*

Que les personnes indifférentes sont cruelles! Elles donnent des conseils dont elles ne sentent pas la rigueur.

SCENE XI.

AGLAÉ, PHAIS, *sur le pied-d'estal.*

AGLAÉ.

Ah ! je la revois, je respire....... O Zelie, que tu m'es chere ! Je ne m'exposerai plus au même malheur, je ne la perdrai pas de vue...... Dans quel étonnement elle me jette ! A chaque instant elle paroît s'embellir; on diroit qu'elle m'entend, qu'elle veut me répondre ; il semble que la joie éclate sur son visage, que ses regards s'enflâment, s'attendrissent...... Avançons ; admirons de plus près ce chef d'œuvre de l'art...... O Ciel ! quelle voix secrette m'arrête ! Je desire & je crains d'en approcher...... D'où naît donc cet intérêt si pressant, ce trouble inconnu, ce desir inquiet qui m'agite & m'allarme ? Ah ! Timon, vous ne me trompiez pas ; les hommes doivent être en effet bien dangereux, puisque leur image seule fait tant d'impression sur mon ame...... N'importe, ornons-là de cette guirlande. Que ne puis-je aussi lui donner la vie ! (*Elle s'avance.*) Ma main tremble, mon cœur est dans une agitation ! Malheureuse Aglaé, peux-tu te dissimuler ta foiblesse insensée ! O Pigmalion, j'éprouve tes feux : tu te venges Amour, mais serois-tu inexorable !

(*A peine Aglaé a passé la guirlande dans les bras*

de la Statue, qu'elle commence à s'animer : Aglaé recule toute effrayée, en s'écriant.)

Ah! quel prodige! L'Amour m'auroit-il entendue! Elle s'anime; le plaisir éclate dans ses yeux; elle me tend les bras; elle marche; elle vient à moi.

PHAIS.

Aglaé, Aglaé?

AGLAÉ.

Elle parle, elle sait mon nom!

PHAIS.

Oui, il est gravé dans un cœur qui vous jure une ardeur aussi tendre que fidele. Jugez, belle Aglaé, jugez de l'excès de ma flame; c'est pour vous admirer, pour vous adorer, que l'Amour lui-même vient de me donner la vie.

AGLAÉ.

Quoi? se peut-il......

PHAIS.

Ne vous étonnez point d'un prodige que je dois à vos charmes. La Beauté commande à toute la Nature: docile à vos ordres, elle n'a point de loix qu'elle ne soumette au bonheur de vous plaire: tout doit prendre la vie, tout doit s'enflammer à l'aspect des yeux que j'adore.

AGLAÉ.

De grace, laissez-moi respirer; je suis si étonnée, que je suis hors de moi-même.

PHAIS.

Chere Aglaé, rendez le calme à vos esprits; ne voyez plus que l'objet de vos bienfaits, & hâtez-vous de couronner les vœux d'un Amant qui préfere à la vie le bonheur bien plus flatteur de la devoir à votre tendresse.

AGLAÉ.

Quoi! vous m'avez entendue! Mais pouvois-je m'attendre à un prodige qu'à peine j'ose croire encore.

PHAIS.

Ainsi vous renversez toutes mes espérances; ainsi vous ne m'avez animé que pour me rendre la victime de vos rigueurs.

AGLAÉ, *à part.*

Quel langage! Chaque mot augmente mon trouble.

PHAIS.

Vous ne répondez point.....

AGLAÉ, *à part.*

Hélas! que lui dirai-je? Fuyons.

PHAIS.

Vous m'abandonnez. Hé bien cruelle, vous serez satisfaite; je détruirai votre ouvrage puisqu'il vous importune. Que m'importe la vie, si vous me haïssez

AGLAÉ.

Quel dessein funeste! Gardez-vous.

PHAIS.

Je dois rentrer dans le néant; l'existence me seroit odieuse avec votre indifference.

AGLAÉ.

Non, vivez, je le desire.

PHAIS.

Je ne sçaurois vivre sans vous aimer.

AGLAÉ.

Eh bien, si je vous suis chere, respectez des jours que vous me devez. J'entends quelqu'un; c'est Zelie; ah! Ciel! que deviendrons-nous?

PHAIS.

La voilà, je n'ai pas le tems de reprendre ma place, que faire?

SCENE XII.

AGLAÉ, ZELIE, PHAIS, *immobile.*

ZELIE, *entre en éclatant de rire.*

HA, ha, ha.......

AGLAÉ.

Qu'avez-vous tant à rire, Zelie?

ZELIE.

Ha, ha, ha........ Eh qui pourroit s'en empêcher? Quoi! fille de Timon, vous avez changé la Statue de place? Vous seule, vous l'avez transportée ici! Et comment vous y êtes-vous prise? Cela devoit être curieux à voir.

AGLAÉ.

Moi, je l'ai transportée!

ZELIE.

Et qui donc? Elle n'y est pas venue toute seule.

AGLAÉ.

Vous avez, Zelie, des idées bien singulieres.

ZELIE.

Il est vrai; j'ai tort de vous soupçonner de prendre le moindre intérêt à cette Statue; les fleurs dont vous l'avez ornée, prouvent assez votre indifférence pour elle.

AGLAÉ *à, part.*

Ah Dieux!

ZELIE.

Vous me paroiſſez un peu embarraſſée.

AGLAÉ.

Point du tout; j'ai cueilli des fleurs; je m'en ſuis amuſée; la Statue s'eſt préſentée à mes yeux, & je les ai placées comme vous les voyez.

ZELIE.

Oh! ſans doute, c'eſt au haſard qu'elle doit cette préférence, l'Amour n'en ſera point offenſé. Mon intention, chere Aglaé, n'eſt aſſurément pas de vous fâcher; ainſi permettez-moi de vous demander ce que vous penſez de cette Statue?

AGLAÉ.

Mais...... elle eſt...... fort bien, oui fort bien.

ZELIE.

N'eſt-il pas vrai qu'une figure ſemblable ſeroit bien ſéduiſante?

AGLAÉ.

Oh! oui...... oui......

ZELIE.

Et ne ſeriez-vous pas diſpoſée à vous réconcilier avec les Amans?

AGLAÉ.

En vérité, *Zelie*, c'eſt trop ; je ne reçonnois plus aujourd'hui mon amie.

ZELIE.

Mais, vous-même, Aglaé, je ne vous conçois pas. Quoi ! je cherche votre Statue, je la retrouve, je vous la rends. Je fais plus ; je prie, je preſſe votre Tuteur de ne pas vous forcer de donner votre main à l'Epoux qu'il vous deſtine ; je reviens déſeſpérée de n'avoir pu y réuſſir, & voilà comme vous me recevez.

AGLAÉ.

Je ſuis bien ſenſible à tes ſoins, Zelie ; mais . . .

ZELIE.

J'entends ; ma préſence vous importune ; je vous laiſſe & je cede la partie à la belle Statue ; admirez-là, aimez-là même ſi vous le voulez.

(*Elle ſort.*)

AGLAÉ.

(*A Zelie qui rentre.*)

On diroit qu'elle ſçait mon avanture encore !

ZELIE.

Je reviens pour vous avertir que j'ai apperçu votre Tuteur ; il pourroit bien tourner ſes pas vers ce boſquet.

AGLAÉ.

Il ſuffit. (*Zelie ſort.*)

SCENE XIII.

AGLAÉ, ZAIS.

AGLAÉ.

ENFIN m'en voilà débarrassée ; je tremblois qu'elle ne s'apperçût .... N'avez-vous pas bien partagé mon impatience ? ..... Mais ...... vous gardez le silence ...... vous restez immobile ...... O Ciel ! par quel événement ! Quoi ! vous ne m'entendez plus ! Hélas ! il n'est que trop vrai .... Tout mon bonheur s'est évanoui, trop funeste Zelie ! (*Elle s'avance vers la Statue de l'Amour : pendant ce temps-là, Phais marque sa joie.*) Amour, peux-tu reprendre tes bienfaits ! Ma tendresse hélas ! m'en rendoit déjà si digne. Cruel, ne lui avois-tu donné la vie que pour empoisonner la mienne !

PHAIS.

Je ne puis me contraindre plus long-tems, chere Aglaé ; pardonnez à ma tendresse cette heureuse épreuve de vos sentimens.

AGLAÉ.

Quoi ! vous vivez, vous m'aimez, & vous avez pu m'abandonner à mon inquiétude !

PHAIS.

Puis-je m'en repentir ! Ah ! qu'il m'en a coûté pour me contraindre, pour arrêter un cœur qui pressoit ma bouche de vous jurer qu'il vous adore. Mais quelle amertume vient corrompre mon bonheur ! On va disposer de votre main ; je viens de l'apprendre : hélas, me sacrifierez-vous ?

AGLAÉ.

Vous avez surpris mon secret, qu'avez-vous à craindre ?

PHAIS.

Je crains tout ; le bien où j'aspire est d'un si grand prix ; je le desire avec tant d'ardeur, puis-je être sans allarmes !

AGLAÉ.

Soyez tranquille.

PHAIS.

Et qui me répondra que vous ne changerez pas, que la vue d'un Rival, que son amour qui ne pourra être qu'êxtrême, ne vous feront pas oublier un Infortuné qui ne peut réclamer en sa faveur que vos propres bienfaits.

AGLAÉ.

Pourquoi cette obstination à vous tourmenter ? Je vous le répete, soyez tranquille.

PHAIS.

Non, je ne puis me rassurer que vous ne me

juriez de surmonter pour moi tous les obstacles qui pourroient se présenter.

AGLAÉ, *à part.*

Quel progrès il a fait dans mon cœur! ...... Quoi! je pourrois consentir! .... (*haut.*) Hé bien, vous le voulez; je jure par l'Amour, que jamais l'Epoux que mon Tuteur me destine.....

PHAIS.

Arrêtez, qu'allez-vous prononcer?

AGLAÉ.

Quoi? vous vous opposez au serment que vous me demandez vous-même?

PHAIS.

Que vos engagemens, Aglaé, se bornent à assurer mon bonheur; ceux que vous n'aimez pas sont assez à plaindre, sans les accabler encore par vos sermens.

AGLAÉ.

Voilà une pitié bien généreuse ...... J'apperçois mon Tuteur, cachez-vous sous ce feuillage; votre présence pourroit me déconcerter; il faut que je le prépare à mon avanture.

PHAIS.

Souvenez-vous que c'est à votre amour que je dois la vie, & que sa durée dépend de votre tendresse. (*Il sort.*)

SCENE XIV.

IDAMAS, AGLAÉ.

IDAMAS.

Je vous cherchois, Aglaé, pour une affaire qui vous intéresse. Voici le jour qui va fixer votre bonheur, & combler ma plus chere espérance : depuis le malheur qui vous enleva vos parens, vous le sçavez, je vous ai élevée avec les soins les plus tendres ; je vous ai conduite dès votre enfance dans cette solitude ; je vous ai arrachée à cette dangereuse Athenes, où le vice triomphant & adoré, insulte à la vertu méprisée ; & j'ai depuis associé à vos amusemens l'aimable Zelie, orphéline comme vous, & dont l'amitié vous est si chere.

AGLAÉ.

Respectable Idamas, je n'oublierai jamais tant dé bienfaits.

IDAMAS.

Vous voilà en âge de prendre un engagement ; je ne doute pas que je ne trouve dans votre cœur la docilité que je dois en attendre.

AGLAÉ.

Mon plus grand chagrin seroit assûrément de vous déplaire.

IDAMAS.

Je ſuis charmé de vous entendre parler ainſi. Vous n'héſiterez donc pas à accepter l'Epoux que je vais vous propoſer.

AGLAÉ.

Mon Tuteur ....

IDAMAS.

Quoi ! mon Tuteur ? Vous devez vous en eſtimer fort heureuſe ; je ne pouvois faire un choix qui dût vous être plus agréable : quand vous le connoîtrez, vous en ſerez convaincue.

AGLAÉ.

Je vous crois, mais ....

IDAMAS.

Quoi, mais ......

AGLAÉ.

Vous ne vous êtes jamais occupé que de mon bonheur.

IDAMAS.

Eh bien ?

AGLAÉ.

Vous m'avez dit ſi ſouvent que le bonheur de la vie dépendoit du choix d'un Epoux.

IDAMAS.

Sans doute, & je vous le répete.

AGLAÉ.

Je crois que je riſquerois moins ......

IDAMAS.

A le choisir vous-même, n'est-ce pas?

AGLAÉ.

Mon Tuteur.......

IDAMAS.

Ce langage a de quoi me surprendre. Je craindrois que ce choix ne fût déjà fait, s'il avoit paru ici quelqu'un capable de m'allarmer; mais enfin, Aglaé.

AGLAÉ.

Mais généreux Idamas.

IDAMAS.

M'en voilà assuré. (*à part.*) Par quel événement a-t'elle pu? (*haut.*) Ecoutez, Aglaé, je vous aime, & je n'ai d'autre desir que de vous rendre heureuse. Je ne gênerai point votre penchant, si, comme je dois le penser, votre choix est digne de vous? Quel est-il?

AGLAÉ.

Quel est-il?

IDAMAS.

Oui.

AGLAÉ.

Vous m'embarrassez.

IDAMAS.

Je vous embarrasse; vous avez donc à rougir de votre choix.

AGLAÉ.

Non, c'est........

IDAMAS.

Eh bien c'est?

AGLAÉ.

Je n'en sçais rien, Idamas.

IDAMAS.

Vous n'en sçavez rien; y pensez-vous?

AGLAÉ.

J'y pense très-bien, rien n'est plus vrai.

IDAMAS.

Quel est donc ce mistere? Dites-moi son nom.

AGLAÉ.

Son nom........ Il n'en a point encore.

IDAMAS.

Mais, Aglaé, vous m'avouerez qu'il n'est pas aisé de vous comprendre.

AGLAÉ.

Mon cher Tuteur, je n'y comprends rien moi-même.

IDAMAS.

Vos discours me préparent à quelque événement bien extraordinaire; mon amitié pour vous en est allarmée. Expliquez-vous: quels sont ses parens? Il est jeune, sans doute.

AGLAÉ.

Oh ! très-jeune ; il n'a pas encore un jour.

IDAMAS.

Je ne ſçais comment prendre toutes vos réponſes. Eſt-ce délire ? Eſt-ce badinage ? Aglaé, je vous parle ſérieuſement.

AGLAÉ.

Ah ! gardez-vous du moins de ſoupçonner mon reſpect pour vous ?

IDAMAS.

Hâtez-vous donc de vous expliquer ; parlez ; quels ſont ſes parens ?

AGLAÉ.

Ses parens ? .... Vous voulez donc le ſçavoir abſolument.

IDAMAS.

Oui.

AGLAÉ.

Il dit que c'eſt l'Amour & moi.

IDAMAS.

Reprenez vos eſprits, quelle extravagance !

AGLAÉ.

Je n'extravague pas ; il n'y a qu'un moment......

IDAMAS.

Achevez, il n'y a qu'un moment ?

AGLAÉ.

Que l'Amour a animé à ma priere la Statue que vous avez placée ici.

IDAMAS.

Quelle Statue? Je ne sçais de quoi vous parlez?

AGLAÉ.

Zelie la vue; Pourquoi feindre d'ignorer?

IDAMAS.

Je ne feins point, il y a là quelque mistere; je vais sçavoir de Zelie ce qui en est. (*Il sort.*)

SCENE XV.

PHAIS, AGLAÉ.

AGLAÉ, *seule.*

Que mon sort est cruel! (*appercevant Phais.*) Si vous sçaviez le mauvais succès de mon entretien avec Idamas.

PHAIS.

J'ai tout entendu, & j'en suis au comble de la joie.

AGLAÉ.

Quoi? vous vous réjouissez d'un malheur qui va, sans doute, nous séparer pour jamais.

PHAIS.

Non, Aglaé, non, rien ne pourra rompre des nœuds que l'Amour a formés lui-même. Ai je pu voir éclater votre tendresse, sans me livrer aux plus doux emportemens.

AGLAÉ.

Je ne vous comprends pas : au premier mot que j'ai voulu dire à Idamas sur mon avanture, j'ai été traitée d'extravagante, & vous voulez que j'espere qu'il entrera dans nos vues ?

PHAIS.

Oui, croyez-en votre Amant ; je l'intéresserai en ma faveur ; il consentira à me rendre heureux.

AGLAÉ.

On m'a peint les hommes bien adroits & bien trompeurs ; ne seriez-vous pas devenu en tout semblable à eux ?

PHAIS, *se jettant à ses pieds.*

Bannissez des soupçons si injustes, Aglaé ; connoissez mieux l'Amour qui vous adore ; il est aussi sincere qu'il est tendre.

AGLAÉ.

Je le desire trop pour ne pas le croire.

SCENE DERNIERE.

IDAMAS, AGLAÉ, ZELIE, PHAIS, *aux genoux d'Aglaé.*

IDAMAS, *à Zelie.*

VENEZ, je veux être éclairci.

ZELIE *à Idamas.*

Rassurez-vous.

PHAIS, *à Aglaé.*

Apprenez enfin un artifice ....

IDAMAS.

Que vois-je ? un homme déguisé chez moi ?

AGLAÉ.

Ah ? nous sommes perdus .... Idamas, c'est celui qui ....

IDAMAS.

Taisez-vous ...... Eh ! c'est le frere de Zelie, c'est Phais ......

AGLAÉ.

Son frere !

IDAMAS.

Et l'Epoux que je vous ai choisi. J'étois venu

tantôt pour vous en instruire ; & je ne vous en avois fait un mystere, que pour vous surprendre plus agréablement, en resserrant, par cet hymen, les nœuds de l'amitié qui vous lient avec Zelie.

AGLAÉ.

Que mon cœur est ému !

PHAIS.

La belle Aglaé s'offenseroit-elle d'un artifice que l'Amour seul m'a inspiré, & perdrois-je les sentimens dont elle m'a flatté.

AGLAÉ.

Mon Tuteur est l'arbitre de mon sort ; c'est à lui d'en décider.

IDAMAS.

Je vois ce qui se passe dans votre cœur, Aglaé ; je vous avois destiné Phais, sa délicatesse ne me le rend que plus cher.

PHAIS.

Ah ! mon protecteur !

AGLAÉ.

Ah ! Idamas !

ZELIE, *à Aglaé.*

J'espere que vous me pardonnerez le mouvement d'impatience que je vous ai causé.

IDAMAS.

Allons, & que la joie signale un jour que tout conspire à nous rendre heureux.

FIN.

APPROBATION DU CENSEUR ROYAL.

J'AI lu par l'ordre de Monseigeur le Chancelier, *la Fausse Statue, Comédie en un acte*, où je n'ai rien trouvé qui doive en empêcher l'impression, & que je crois mériter les regards du Public. Donné à Paris, le 5 Mars 1771.

PHILIPPE DE PRÊTOT.

133

www.ingramcontent.com/pod-product-compliance
Ingram Content Group UK Ltd.
Pitfield, Milton Keynes, MK11 3LW, UK
UKHW020456230726
13925UKWH00005B/1983